KB198843

열두 개의 달 시화집
一月.
지난밤에 눈이 소오복이 왔네

열두 개의 달 시화집
一月.
지난밤에 눈이 소오복이 왔네

윤동주 외 지음
클로드 모네 그림

저녁달
고양이

■ 일러두기
시인 고유의 필치(筆致)를 살리기 위해 표기와 맞춤법은 되도록 초판본을 따랐습니다.

정월의 냇물은
얼었다 녹았다 정다운데
세상 가운데 나고는
이 몸은 홀로 지내누나.

_고려가요 '동동' 중 一月

차
례

서시

죽는 날까지 하늘을 우러러
한 점 부끄럼이 없기를,
잎새에 이는 바람에도
나는 괴로워했다.
별을 노래하는 마음으로
모든 죽어가는 것을 사랑해야지.
그리고 나한테 주어진 길을
걸어가야겠다.

오늘 밤에도 별이 바람에 스치운다.

바람이 불어

윤동주

바람이 어디로부터 불어와
어디로 불려가는 것일까.

바람이 부는데
내 괴로움에는 이유(理由)가 없다.
내 괴로움에는 이유(理由)가 없을까,

단 한 여자(女子)를 사랑한 일도 없다.
시대(時代)를 슬퍼한 일도 없다.

바람이 자꾸 부는데
내 발이 반석 위에 섰다.

강물이 자꾸 흐르는데
내 발이 언덕 위에 섰다.

가슴

윤동주

불 꺼진 화독을
안고 도는 겨울밤은 깊었다.

재(灰)만 남은 가슴이
문풍지소리에 떤다.

못 자는 밤

윤동주

하나, 둘, 셋, 넷
....
밤은
많기도 하다.

내가 이렇게 외면하고

백석

내가 이렇게 외면하고 거리를 걸어가는 것은
잠풍 날씨가 너무 좋은 탓이고

가난한 동무가 새 구두를 신고 지나간 탓이고 언제나
꼭 같은 넥타이를 매고 고운 사람을 사랑하는 탓이다

내가 이렇게 외면하고 거리를 걸어가는 것은
또 내 많지 못한 월급이 얼마나 고마운 탓이고

이렇게 젊은 나이로 코밑수염도 길러보는 탓이고
그리고 어느 가난한 집 부엌으로 달재 생선을 진장에
꼿꼿이 지진 것은 맛도 있다는 말이 자꾸 들려오는
탓이다

저녁해ㅅ살

불 피여으르듯 하는 술
한숨에 키여도 아아 배곺아라.

수저븐 듯 노힌 유리
바쟉 바쟉 씹는 대도 배곺으리.

네 눈은 고만(高慢)스런 흑(黑) 단초.
네 입술은 서운한 가을철 수박 한 점.

빨어도 빨어도 배곺으리.

술집 창문에 붉은 저녁해ㅅ살
연연하게 탄다, 아아 배곺아라.

겨울 햇살이
지금 눈꺼풀 위에
무거워라

冬日今瞼にありて重たけれ

교시

설상소요(雪上逍遙)

변영로

곱게 비인 마음으로
눈 위를 걸으면 눈 위를 걸으면
하얀 눈은 눈으로 들어오고
머리 속으로 기어들어 가고
마음 속으로 스며들어 와서
붉던 사랑도 하얘지게 하고
누르던 걱정도 하얘지게 하고
푸르던 희망도 하얘지게 하며
검던 미움도 하얘지게 한다.
어느 덧 나도 눈이 돼 하얀 눈이 되어
환괴(幻怪)한 곡선(曲線)을 대공(大空)에 그리우며 내리는
동무축에 휩싸이어 내려간다─
곱고 아름다움으로 근심과
죽음이 생기는
색채(色彩)와 형태(形態)의 세계(世界)를 덮으려.
아름다웁던 〈폼페이〉를 내려 덮은
뻬쓰 뷰쓰 화산(火山)의 재같이!

국수

눈이 많이 와서
산엣새가 벌로 나려 멕이고
눈구덩이에 토끼가 더러 빠지기도 하면
마을에는 그 무슨 반가운 것이 오는가보다
한가한 애동들은 어둡도록 꿩사냥을 하고
가난한 엄매는 밤중에 김치가재미로 가고
마을을 구수한 즐거움에 싸서 은근하니 홍성홍성 들뜨게 하며
이것은 오는 것이다
이것은 어느 양지귀 혹은 능달쪽 외따른 산녚은댕이 예데가리
밭에서
하로밤 뽀오한 흰김 속에 접시귀 소기름불이 뿌우현 부엌에
산멍에 같은 분틀을 타고 오는 것이다
이것은 아득한 옛날 한가하고 즐겁든 세월로부터
실 같은 봄비 속을 타는 듯한 녀름볕 속을 지나서
들쿠레한 구시월 갈바람 속을 지나서
대대로 나며 죽으며 죽으며 나며 하는
이 마을 사람들의 으젓한 마음을 지나서 텁텁한 꿈을 지나서

지붕에 마당에 우물든덩에 함박눈이 푹푹 쌓이는 어느 하로밤
아배 앞에 그 어린 아들 앞에 아베 앞에는 왕사발에
앞에는 새끼사발에 그득히 사리워 오는 것이다
이것은 그 곰의 잔등에 업혀서 길여났다는 먼 녯적 큰 마니가
또 그 짚등색이에 서서 자채기를 하면 산 넘엣 마을까지 들렸다는
먼 녯적 큰아바지가 오는 것같이 오는 것이다
아, 이 반가운 것은 무엇인가
이 히수무레하고 부드럽고 수수하고 슴슴한 것은 무엇인가
겨울밤 쩡하니 익은 동티미국을 좋아하고 얼얼한 댕추가루를
좋아하고 싱싱한 산꿩의 고기를 좋아하고
그리고 담배 내음새 탄수 내음새 또 수육을 삶는 육수국 내음새
자욱한 더북한 삿방 쩔쩔 끓는 아르굴을 좋아하는
이것은 무엇인가

이 조용한 마을과 이 마을의 으젓한 사람들과 살틀하니
친한 것은 무엇인가
이 그지없이 고담하고 소박한 것은 무엇인가

눈

윤동주

눈이
새하얗게 와서
눈이
새물새물 하오.

개

윤동주

눈 위에서
개가
꽃을 그리며
뛰오.

거짓부리

윤동주

똑, 똑, 똑,
문 좀 열어 주세요
하룻밤 자고 갑시다
──밤은 깊고 날은 추운데
── 거 누굴까
문 열어 주고 보니
검둥이의 꼬리가
거짓부리 한 걸.
꼬기요, 꼬기요,
달걀 낳았다.
간난아 어서 집어 가거라
── 간난이가 뛰어가 보니
── 달걀은 무슨 달걀,
고놈의 알탉이
대낮에 새빨간
거짓부리 한 걸.

눈보라

눈보라는 무섭게 휘모라치고
끝없는 벌판에
보지 못하든 썰매가 달리어간다.

낯서른 젊은 사내가 썰매를 타고
달리어간다

나의 행복은 어듸에 있느냐
미칠 것 같은 나의 기쁨은 어듸에 있느냐
모든 것은
사나운 선풍 밑으로
똑같이 미처날뛰는 썰매를 타고 가버리었다.

유리창(琉璃窓) 1

정지용

유리(琉璃)에 차고 슬픈것이 어린거린다.
열없이 붙어서서 입김을 흐리우니
길들은양 언날개를 파다거린다.
지우고 보고 지우고 보아도
새까만 밤이 밀려나가고 밀려와 부디치고,
물먹은 별이, 반짝, 보석(寶石)처럼 백힌다.
밤에 홀로 유리(琉璃)를 닥는것은
외로운 황홀한 심사이어니,
고흔 폐혈관(肺血管)이 찢어진 채로
아아, 늬는 산(山)ㅅ새처럼 날러 갔구나!

나 취했노라

백석

나 취했노라
나 오래된 스코틀랜드 술에 취했노라
나 슬픔에 취했노라
나 행복해진다는 생각, 불행해진다는 생각에 취했노라
나 이 밤 공허하고 허무한 인생에 취했노라

十五日

われ 酔(よい)へり

われ 酔(よい)へり
われ 古(ふる)き蘇格蘭土(スコットランド)の酒(さけ)に醉
(よい)へり
われ 悲(かなし)みに醉(よい)へり
われ 幸福(こうふく)なることまた不幸(ふこう)なることの
思(おも)ひに醉(よい)へり
われ この夜(よる)空(むな)しく虛(きょ)なる人生(じんせい)
に醉(よい)へり

색깔도 없던
마음을 그대의 색으로
물들인 후로
그 색이 바래는 것은
생각할 수도 없어라

色もなき心を人に染めしより
うつろはむとは思ほえなくに

기노 쓰라유키

통영(統營) 2

백석

구마산(舊馬山)의 선창에선 조아하는 사람이 울며날이는 배에
올라서오는 물길이 반날 갓나는 고당은 갓갓기도 하다

바람맛도 짭짤한 물맛도 짭짤한

전복에 해삼에 도미 가재미의 생선이 조코
파래에 아개미에 호루기의 젓갈이 조코

새벽녘의 거리엔 쾅쾅 북이 울고
밤새ㅅ것 바다에선 뿡뿡 배가 울고

자다가도 일어나 바다로 가고 십흔 곳이다

집집이 아이만한 피도 안 간 대구를 말리는 곳
황화장사 령감이 일본말을 잘도 하는 곳
처녀들은 모두 어장주(漁場主)한테 시집을 가고 십허한다는 곳

산 너머로 가는 길 돌각담에 갸웃하는 처녀는 금(錦)이라는 이갓고
내가 들은 마산(馬山) 객주(客主)집의 어린 딸은 난(蘭)이라는 이갓고
난(蘭)이라는 이는 명정(明井)골에 산다는데
명정(明井)골은 산을 넘어 동백(冬栢)나무 푸르른 감로(甘露) 가튼
물이 솟는 명정(明井) 샘이 잇는 마을인데
샘터엔 오구작작 물을 긷는 처녀며 새악시들 가운데
내가 조아하는 그이가 잇슬 것만 갓고
내가 조아하는 그이는 푸른 가지 붉게붉게 동백꽃 피는 철엔
타관 시집을 갈 것만 가튼데
긴 토시 끼고 큰머리 언고 오불고불 넘앳거리로 가는 여인은
평안도(平安道)서 오신 듯한데 동백(冬栢)꽃 피는 철이 그 언제요

옛 장수 모신 날근 사당의 돌층계에 주저안저서 나는
이 저녁 울 듯 울 듯 한산도(閑山島) 바다에 뱃사공이 되어가며
녕 나즌 집 담 나즌 집 마당만 노픈 집에서 열나흘 달을 업고
손방아만 찟는 내 사람을 생각한다

별을 처다보면

노천명

나무가 항시 하늘로 향하듯이
발은 땅을 딛고도 우리
별을 처다보면 걸어갑시다.

친구보다
좀더 높은 자리에 있어 본댓자
명예가 남보다 뛰어나 본댓자
또 미운 놈을 혼내 주어 본다는 일
그까짓 것이 다- 무엇입니까

술 한잔만도 못한
대수롭잖은 일들입니다.
발은 땅을 딛고도 우리
별을 처다보면 걸어갑시다.

햇빛 · 바람

윤동주

손가락에 침발러
쏘옥, 쏙, 쏙,
장에 가는 엄마 내다보려
문풍지를
쏘옥, 쏙, 쏙,
아침에 햇빛이 반짝,

손가락에 침발러
쏘옥, 쏙, 쏙,
장에 가신 엄마 돌아오나
문풍지를
쏘옥, 쏙, 쏙,
저녁에 바람이 솔솔.

흰 바람벽이 있어

백석

오늘 저녁 이 좁다란 방의 흰 바람벽에
어쩐지 쓸쓸한 것만이 오고 간다
이 흰 바람벽에
희미한 십오촉 전등이 지치운 불빛을 내어던지고
때글은 다 낡은 무명샤쯔가 어두운 그림자를 쉬이고
그리고 또 달디단 따끈한 감주나 한잔 먹고 싶다고
생각하는 내 가지가지 외로운 생각이 헤매인다
그런데 이것은 또 어인 일인가
이 흰 바람벽에
내 가난한 늙은 어머니가 있다
내 가난한 늙은 어머니가
이렇게 시퍼러둥둥하니 추운 날인데 차디찬 물에
손은 담그고 무이며 배추를 씻고 있다
또 내 사랑하는 사람이 있다
내 사랑하는 어여쁜 사람이
어늬 먼 앞대 조용한 개포가의 나즈막한 집에서
그의 지아비와 마조 앉어 대구국을 끓여놓고 저녁을 먹는다

벌써 어린것도 생겨서 옆에 끼고 저녁을 먹는다
그런데 또 이즈막하야 어늬 사이엔가
이 흰 바람벽엔
내 쓸쓸한 얼골을 쳐다보며
이러한 글자들이 지나간다
──나는 이 세상에서 가난하고 외롭고 높고 쓸쓸하니
　　살어가도록 태어났다
　　그리고 이 세상을 살어가는데
　　내 가슴은 너무도 많이 뜨거운 것으로 호젓한 것으로
　　사랑으로 슬픔으로 가득 찬다
그리고 이번에는 나를 위로하는 듯이 나를 울력하는 듯이
눈질을 하며 주먹질을 하며 이런 글자들이 지나간다
──하눌이 이 세상을 내일 적에 그가 가장 귀해하고 사랑하는
　　것들은 모두 가난하고 외롭고 높고 쓸쓸하니 그리고 언제나
　　넘치는 사랑과 슬픔 속에 살도록 만드신 것이다
　　초생달과 바구지꽃과 짝새와 당나귀가 그러하듯이
　　그리고 또 '프랑시쓰 쨈'과 도연명과 '라이넬 마리아 릴케'가
　　그러하듯이

생시에 못 뵈올 님을

변영로

생시에 못 뵈올 님을 꿈에나 뵐가 하여
꿈가는 푸른 고개 넘기는 넘었으나
꿈조차 흔들리우고 흔들리어
그립던 그대 가까울 듯 멀어라.

아, 미끄럽지 않은 곳에 미끄러져
그대와 나 사이엔 만리가 격했어라.
다시 못 뵈올 그대의 고운 얼굴
사라지는 옛 꿈보다도 희미하여라.

호수

정지용

얼골 하나야
손바닥 둘로
폭 가리지만,

보고 싶은 마음
호수(湖水)만 하니
눈 감을 밖에.

그리워

정지용

그리워 그리워 돌아와도
그리던 고향은 어디러뇨

동녘에 피어있는 들국화 웃어주는데
마음은 어디고 붙일 곳 없어
먼 하늘만 바라보노라

눈물도 웃음도 흘러간 옛 추억
가슴아픈 그 추억 디듬지 말자
내 가슴엔 그리움이 있고
나의 웃음도 연륜에 사라졌나니
내 그것만 가지고 가노라

그리워 그리워
그리워 찾아와도 고향은 없어
진종일 진종일 언덕길 헤메다 가네

탕약

눈이 오는데
토방에서는 질화로 우에 곱돌탕관에 약이 끓는다
삼에 숙변에 목단에 백복령에 산약에
택사의 몸을 보한다는 육미탕이다
약탕관에서는 김이 오르며 달큼한 구수한 향기로운
내음새가 나고
약이 끓는 소리는 삐삐 즐거웁기도 하다

그리고 다 달인 약을 하이얀 약사발에 밭어놓은 것은
아득하니 깜하여 만년 넷적이 들은 듯한데
나는 두 손으로 고이 약그릇을 들고
이 약을 내인 넷사람들을 생각하노라면
내 마음은 끝없이 고요하고 또 맑어진다

二
十
四
日

밤기차에 그대를 보내고

박용철

1
온전한 어둠 가운데 사라져버리는
한낱 촛불이여.
이 눈보라 속에 그대 보내고 돌아서 오는
나의 가슴이여.
쓰린 듯 비인 듯한데 뿌리는 눈은
들어 안겨서
발마다 미끄러지기 쉬운 걸음은
자취 남겨서.
머지도 않은 앞이 그저 아득하여라.

2
밖을 내여다보려고 무척 애쓰는
그대도 설으렸다.
유리창 검은 밖에 제 얼굴만 비처 눈물은
그렁그렁하렸다.
내 방에 들면 구석구석이 숨겨진 그 눈은
내게 웃으렸다.
목소리 들리는 듯 성그리는 듯 내 살은
부대끼렸다.
가는 그대 보내는 나 그저 아득하여라.

3
얼어붙은 바다에 쇄빙선같이 어둠을
헤쳐나가는 너.
약한 정 후리쳐 떼고 다만 밝음을
찾아가는 그대.
부서진다 놀래랴 두 줄기 궤도를
타고 달리는 너.
죽음이 무서우랴 힘있게 사는 길을
바로 닫는 그대.
실어가는 너 실려가는 그대 그저 아득하여라.

4
이제 아득한 겨울이면 머지 못할 봄날을
나는 바라보자.
봄날같이 웃으며 달려들 그의 기차를
나는 기다리자.
'잊는다' 말이들 어찌 차마! 이대로 웃기를
나는 배워보자.
하다가는 험한 길 헤쳐가는 그의 걸음을
본받어도 보자.
마침내는 그를 따르는 사람이라도 되어보리라.

월광(月光)

권환

달빛이 푸르고 밝으니
어머니의 하 —— 얀 머리털
흰 백합화같이 아름다웠다

눈

윤동주

지난밤에
눈이 소오복이 왔네

지붕이랑
길이랑 밭이랑
추워한다고
덮어주는 이불인가 봐

그러기에
추운 겨울에만 나리지

추억(追憶)

윤곤강

하늘 위에
별떼가 얼어붙은 밤,

너와 나 단둘이
오도도 떨면서
싸늘한 밤거리를
말도 없이 걷던 생각,

지금은
한낱 애달픈 기억뿐!

기억(記憶)에는
세부(細部)의 묘사(描寫)가 없다더라

눈은 내리네

이장희

이 겨울의 아침을
눈은 내리네.

저 눈은 너무 희고
저 눈의 소리 또한 그윽함으로
내 이마를 숙이고 빌까하노라.

님이어 설은 빛이
그대의 입술을 물들이나니
그대 또한 저 눈을 사랑하는가.

눈은 내리어
우리 함께 빌때러라.

산상(山上)

윤동주

거리가 바둑판처럼 보이고,
강물이 배암의 새끼처럼 기는
산 위에까지 왔다.
아직쯤은 사람들이
바둑돌처럼 버려 있으리라.

한나절의 태양이
함석지붕에만 비치고,
굼벵이 걸음을 하는 기차가
정거장에 섰다가 검은 내를 토하고
또 걸음발을 탄다.

텐트 같은 하늘이 무너져
이 거리 덮을까 궁금하면서
좀더 높은 데로 올라가고 싶다.

언덕

박인환

연 날리든 언덕
너는 떠나고
지금 구름 아래
연을 따른다
한 바람 두 바람
실은 풀리고
연이 떠러지는 곳
너의 잠든 곳

꽃이 지니
비가 오며 바람이 일고
겨울이니
언덕에는 눈이 싸여서
누구 하나 오지 안어
네 생각하며
연이 떠러진 곳
너를 찾는다

시인 소개

윤동주

尹東柱. 1917~1945. 일제강점기의 저항(항일)시인이자 독립운동가. 아명은 해환(海煥). 해처럼 빛나라는 뜻이다. 동생인 윤일주의 아명은 환(達煥)이다. 갓난아기 때 세상을 떠난 동생은 '별환'이다.

윤동주는 만주 북간도의 명동촌에서 태어났으며, 기독교인인 할아버지의 영향을 받았다. 1931년(14세)에 명동소학교를 졸업하고, 한때 중국인 관립학교인 대랍자 학교를 다니다 가족이 용정으로 이사하자 용정에 있는 은진중학교에 입학하였다. 1935년에 평양의 숭실중학교로 전학하였으나, 학교에 신사참배 문제가 발생하여 폐쇄당하고 말았다. 다시 용정에 있는 광명학원의 중학부로 편입하여 거기서 졸업하였다.

1941년에는 서울의 연희전문학교 문과를 졸업하고, 일본으로 건너가 도쿄에 있는 릿교 대학 영문과에 입학하였다가, 다시 1942년, 도시샤 대학 영문과로 옮겼다. 학업 도중 귀향하려던 시점에 항일운동을 했다는 혐의로 일본 경찰에 체포되어(1943. 7), 2년형을 선고받고 후쿠오카 형무소에서 복역하였다. 그러나 복역 중 건강이 악화되어 1945년 2월에 생을 마감하고 말았다. 유해는 그의 고향 용정에 묻혔다. 한편, 그의 죽음에 관해서는 옥중에서 정체를 알 수 없는 주사를 정기적으로 맞은 결과이며, 이는 일제의 생체실험의 일환이었다는 주장도 제기되고 있다.

15세 때부터 시를 쓰기 시작하여 첫 작품으로 〈삶과 죽음〉 〈초한대〉를 썼다. 발표 작품으로는 만주의 연길에서 발간된 《가톨릭 소년》지에 실린 동시 〈병아리〉(1936. 11) 〈빗자루〉(1936. 12) 〈오줌싸개 지도〉(1937. 1) 〈무얼 먹구사나〉(1937. 3) 〈거짓부리〉(1937. 10) 등이 있다. 연희전문학교 시절 작품으로는 《조선일보》에 발표한 산문 〈달을 쏘다〉, 교지 《문우》지에 게재된 〈자화상〉 〈새로운 길〉이 있다. 그리고 그의 유작인 〈쉽게 쓰여진 시〉가 사후에 《경향신문》에 게재되기도 하였다(1946).

그의 절정기에 쓰인 작품들을 1941년 연희전문학교를 졸업하던 해에 《하늘과 바람과 별과 시》라는 제목으로 발간하려 하였으나 뜻을 이루지 못하였다. 그의 자필 유작 3부와 다른 작품들을 모아 친구 정병욱과 동생 윤일주가, 사후에 그의 뜻대로 1948년, 《하늘과 바람과 별과 시》라는 제목으로 출간했다.

29년의 짧은 생애를 살았지만 특유의 감수성과 삶에 대한 고뇌, 독립에 대한 소망이 서려 있는 작품들로 인해 대한민국 문학사에 길이 남은 전설적인 문인이다. 2017년 12월 30일, 탄생 100주년을 맞이했다.

백석

白石. 1912~1996. 일제 강점기와 조선민주주의인민공화국의 시인이자 소설가, 번역문학가이다. 본명은 백기행(白夔行)이며 본관은 수원(水原)이다. '白石(백석)'과 '白奭(백석)'

이라는 아호(雅號)가 있었으나, 작품에서는 거의 '白石(백석)'을 쓰고 있다.

평안북도 정주(定州) 출신. 오산고등보통학교를 마친 후, 일본에서 1934년 아오야마학원 전문부 영어사범과를 졸업하였다. 부친 백용삼과 모친 이봉우 사이의 3남 1녀 중 장남으로 출생했다. 부친은 우리나라 사진계의 초기인물로 《조선일보》의 사진반장을 지냈다. 모친 이봉우는 단양군수를 역임한 이양실의 딸로 소문에 의하면 기생 내지는 무당의 딸로 알려져 백석의 혼사에 결정적인 지장을 줄 정도로 당시로서는 심한 천대를 받던 천출의 소생으로 알려져 있다.

1930년 《조선일보》 신년현상문예에 1등으로 당선된 단편소설 〈그 모(母)와 아들〉로 등단했고, 몇 편의 산문과 번역소설을 내며 작가와 번역가로서 활동했다. 실제로는 시작(詩作) 활동에 주력했으며, 1936년 1월 20일에는 그간 《조선일보》와 《조광(朝光)》에 발표한 7편의 시에, 새로 26편의 시를 더해 시집 《사슴》을 자비로 100권 출간했다. 이 무렵 기생 김진향을 만나 사랑에 빠졌고 이때 그녀에게 '자야(子夜)'라는 아호를 지어주었다. 이후 1948년 《학풍(學風)》 창간호(10월호)에 〈남신의주 유동 박시봉방(南新義州 柳洞 朴時逢方)〉을 내놓기까지 60여 편의 시를 여러 잡지와 신문, 시선집 등에 발표했으나, 분단 이후 북한에서의 활동은 정확히 알려진 것이 없다.

백석은 자신이 태어난 마을과 마을 사람들 그리고 주변 자연을 대상으로 시를 썼다. 작품에는 평안도 방언을 비롯하여 여러 지방의 사투리와 고어를 사용했으며 소박한 생활 모습과 철학적 단면이 시에 잘 드러나 있다. 그의 시는 한민족의 공동체적 친근성에 기반을 두었고 작품의 도처에는 고향의 부재에 대한 상실감이 담겨 있다.

정지용

鄭芝溶. 1902~1950. 대한민국의 대표적 서정 시인이다. 충청북도 옥천군 옥천면 하계리에서 한의사인 정태국과 정미하 사이에서 맏아들로 태어났다. 연못의 용이 하늘로 올라가는 태몽을 꾸었다고 하여 아명은 지룡(池龍)이라고 하였다. 당시 풍습에 따라 열두 살에 송재숙(宋在淑)과 결혼했으며, 1914년 아버지의 영향으로 로마 가톨릭에 입문하여 '방지거(方濟各, 프란치스코)'라는 세례명을 받았다. 정지용은 섬세하고 독특한 언어를 구사하며, 생생하고 선명한 대상 묘사에 특유의 빛을 발하는 시인이다. 한국현대시의 신경지를 열었다는 평가를 받고 있으며, 이상을 비롯하여 조지훈, 박목월 등과 같은 청록파 시인들을 등장시키기도 했다. 그는 휘문고보 재학 시절 《서광》 창간호에 소설 〈삼인〉을 발표하였으며, 일본 유학시절에는 대표작이 된 〈향수〉를 썼다. 1930년에 시문학 동인으로 본격적인 문단활동을 했고, 구인회를 결성하고, 문장지의 추천위원으로도 활동했다. 해방 이후에는 《경향신문》의 주간으로 일하며 대학에도 출강했는데, 이화여대에서는 라틴어와 한국어를, 서울대에서는 시경을 강의했다. 1950년 한국전쟁이 일어난 뒤에는 김기림, 박영희 등과 함께 서대문형무소에 수용되었다가, 이후 납북되었다가 사망하였다. 사망 장소와 시기는 정확히 확인되지 않았는데, 1953년 평양에서 사망했다고 알려져 있다. 주요 저서로는 《정지용 시집》《백록담》《지용문학독본》 등이 있다. 그의 고향 충북 옥천에서는 매년 5월에 지용제를 개최하고 있으며, 1989년부터는 시와 시학사에서 정지용문학상을 제정하여 매년 시상하고 있다.

노천명

盧天命. 1911~1957. 일제 강점기의 시인, 작가, 언론인이다. 본관은 풍천(豊川)이며, 황해도 장연군 출생이다. 아명은 노기선(盧基善)이나, 어릴 때 병으로 사경을 넘긴 뒤 개명하였다. 1930년 진명여학교를 졸업하고, 그해 이화여전 영문학과에 입학했다. 이화여전 재학 때인 1932년에 시 〈밤의 찬미〉〈포구의 밤〉 등을 발표했다. 그 후 〈눈 오는 밤〉〈망향〉 등 주로 애틋한 향수를 노래한 시들을 발표했다. 널리 애송된 그의 대표작 〈사슴〉으로 인해 '사슴의 시인'으로 불리기도 했다. 독신으로 살았던 그의 시에는 주로 개인적인 고독과 슬픔의 정서가 부드럽게 담겨 있다.

박용철

朴龍喆. 1904~1938. 시인. 문학평론가. 번역가. 전라남도 광산(지금의 광주광역시 광산구) 출신. 아호는 용아(龍兒). 배재고등보통학교를 거쳐 일본에서 수학하였다. 일본 유학 중 김영랑을 만나 1930년 《시문학》을 함께 창간하며 문학에 입문했다. 〈떠나가는 배〉 등 식민지의 설움을 드러낸 시로 이름을 알렸으나, 정작 그는 이데올로기나 모더니즘은 지양하고 대립하여 순수문학이라는 흐름을 이끌었다. 〈밤기차에 그대를 보내고〉〈싸늘한 이마〉〈비 내리는 날〉 등의 순수시를 발표하며 초기에는 시작 활동을 많이 했으나, 후에는 주로 극예술연구회의 회원으로 활동하면서 해외 시와 희곡을 번역하고 평론을 발표하는 활동을 하였다. 1938년 결핵으로 요절하여 생전에 자신의 작품집은 내지 못하였다.

변영로

卞榮魯. 1898~1961. 시인, 영문학자, 대학 교수, 수필가, 번역문학가이다. 신문학 초창기에 등장한 신시의 선구자로서, 압축된 시구 속에 서정과 상징을 담은 기교를 보였다. 민족의식을 시로 표현하고 수필에도 재능이 있었다. 그의 시작 활동은 1918년 《청춘》에 영시 〈코스모스(Cosmos)〉를 발표하면서부터 시작되었는데 당시에는 천재시인이라는 찬사를 받기도 하였다. 그의 작품들은 부드럽고 정서적이어서 한때 시단의 주목을 받았으며, 작품 기저에는 민족혼을 일깨우고자 한 의도도 깔려 있었다. 대표작으로 〈논개〉를 들 수 있다.

이장희

李章熙. 1900~1929. 시인. 본명은 이양희(李樑熙), 아호는 고월(古月). 대구 출신. 1920년에 이장희(李樟熙)로 개명하였으나 필명으로 장희(章熙)를 사용한 것이 본명처럼 되었다. 문단의 교우 관계는 양주동·유엽·김영진·오상순·백기만·이상화 등 극히 제한되어 있었다. 세속적인 것을 싫어하여 고독하게 살다가 1929년 11월 대구 자택에서 음독

자살하였다. 이장희의 전 시편에 나타난 시적 특색은 섬세한 감각과 시각적 이미지, 그리고 계절의 변화에 따른 시적 소재의 선택에 있다. 대표작 〈봄은 고양이로다〉는 다분히 보들레르와 같은 발상법을 바탕으로 하고 있는데 '고양이'라는 한 사물이 예리한 감각으로 조형되어 생생한 감각미를 보이고 있다. 이 시는 작자의 순수지각(純粹知覺)에서 포착된 대상인 고양이를 통해서 봄이 주는 감각을 집약적으로 표현하고 있다. 1920년대 초반의 시단은 퇴폐주의·낭만주의·자연주의·상징주의 등 서구 문예사조에 온통 휩싸여 퇴폐성이나 감상성이 지나치게 노출되어 있었음에도 불구하고, 그의 시는 섬세한 감각과 이미지의 조형성을 보여주고 있다. 바로 뒤를 이어 활동한 정지용(鄭芝溶)과 함께 한국시사에서 새로운 시적 경지를 개척하였다.

오장환

吳章煥. 1918~?. 충북 보은 태생. 경기도 안성으로 이주하여 1930년 안성보통학교를 졸업하였고, 휘문고보를 중퇴한 후 잠시 일본 유학을 했다. 그의 초기시는 서자라는 신분적 제약과 도시에서의 타향살이, 그에 따른 감상적인 정서와 관념성이 형상화되었다. 1936년 《조선일보》 《낭만》 등에 발표한 〈성씨보〉 〈향수〉 〈성벽〉 〈수부〉 등이 이런 경향을 잘 보여주고 있다. 1937년에 시집 《성벽》, 1939년에 《헌사》를 간행하였다. 그의 시작 전체에는, 고향에 대한 그리움이 일관되게 나타난다. 오장환의 작품에서 그리움은, 도시의 신문물을 비판적으로 바라보는 비판 정신이기도 하고, 어떤 때는 고향과 육친에 대한 그리움, 또한 광복 이후 조국 건설에 대한 지향이기도 하다.

윤곤강

尹崑崗, 1911~1949. 충청남도 서산 출생의 시인이다. 본명은 붕원(朋遠). 1933년 일본 센슈 대학을 졸업했으며, 1934년 《시학(詩學)》 동인의 한 사람으로 문단에 등장했다. 초기에는 카프(KAPF)파의 한 사람으로 시를 썼으나 곧 암흑과 불안, 절망을 노래하는 퇴폐적 시풍을 띠게 되었고 풍자적인 시를 썼다. 그의 시는 초기에 하기하라 사쿠타로오와 보들레르의 영향을 받았고, 해방후에는 전통적 정서에 대한 애착과 탐구로 기울어지기 시작하였다. 시집으로 《빙하》 《동물시집》 《살어리》 《만가》 등이 있고, 시론집으로 《시와 진실》이 있다.

박인환

朴寅煥. 1926~1956. 강원도 인제군 인제면 상동리에서 출생했다. 평양 의학 전문학교를 다니다가 8·15 광복을 맞으면서 학업을 중단, 종로 2가 낙원동 입구에 서점 마리서사를 개업했다. 한국전쟁이 일어나자, 9·28 수복 때까지 지하생활을 하다가 가족과 함께 대구로 피난, 부산에서 종군기자로 활동했다. 조선청년문학가협회 시부가 주최한 '예술의 밤'에 참여하여 시 〈단층(斷層)〉을 낭독하고, 이를 예술의 밤 낭독시집인 《순수시선》(1946)에 발표함으로써 등단했다. 〈거리〉 〈남풍〉 〈지하실〉 등을 발표하는 한편 〈아메리

카 영화시론〉을 비롯한 많은 영화평을 썼고, 1949년엔 김경린, 김수영 등과 함께 5인 합동시집 《새로운 도시와 시민들의 합창》을 발간하여 본격적인 모더니즘의 기수로 주목받기 시작했다. 1955년 《박인환 선시집》을 간행하였고 그 다음 해인 1956년에 31세의 나이에 심장마비로 자택에서 별세하였다. 혼란한 정국과 전쟁 중에도, 총 173편의 작품을 남기고 타계한 박인환은, 암울한 시대의 절망과 실존적 허무를 대변했으며, 그가 사망한 지 20년 후인 1976년에 시집 《목마와 숙녀》가 간행되었다.

권환

權煥. 1903~1954. 경상남도 창원 출생. 1930년대 초 프로문학의 볼셰비키화를 주도한 대표적인 사회주의적 성격의 활동을 많이 한 시인이자 비평가이다. 1925년 일본 유학 생잡지 《학조》에 작품을 발표하였고, 1929년 《학조》 필화사건으로 또 다시 구속되었다. 이 시기 일본 유학중인 김남천·안막·임화 등과 친교를 맺으며 카프 동경지부인 무신자사에서 활약하는 등 진보적 지식인의 면모를 보였다. 1930년 임화 등과 함께 귀국, 이른바 카프의 소장파로서 구카프계인 박영희·김기진 등을 따돌리고 카프의 주도권을 장악하였다.

다카하마 교시

高浜虚子. 1874~1959. 하이쿠 시인. 소설가. 에히메현 마츠야마시 출신. 본명 기요시. 교시는 마사오카 시키(正岡子規)로부터 받은 호. 시키의 영향으로 언문일치의 사생문을 썼으며, 소세키에게 자극을 받아 사생문체로 된 소설을 쓰기 시작해 여유파의 대표적 작가로 유명해졌다. 메이지 40년대(1907)부터 소설에 주력하여 하이쿠 활동이 일시적으로 중단된 적이 있다. 1911년 4~5월에 조선을 유람하고, 7월에 《조선》을 신문에 연재한 후 1912년 2월에 단행본으로 간행했다. 1937년 예술원 회원. 1940년 일본하이쿠작가협회 회장. 1954년 문화훈장 수장. 1959년 4월 8일 85세를 일기로 사망. 대표적인 소설로 《풍류참법風流懺法》(1907), 《배해사俳諧師》(1908), 《조선》(1912), 《감 두 개》(1915) 등이 있다.

기노 쓰라유키

紀貫之. 868(?)~946. 헤이안 시대 전기의 가인이다. 기노 모치유키의 아들로, 890년대부터 문인으로 활동했다. 젊은 시절에는 일본의 가가(加賀), 미노(美濃), 도사(土佐) 등의 지방 수령으로 여러 곳을 옮겨 다녔다. 교토에서 몇몇 직위를 거친 후에, 도사 지방의 지방관으로 임명되어 930년부터 935년까지 재직했다. 스오 지방(周防國)의 자택에서 연회를 열었다는 기록이 있는 것으로 보아 이후 스오 지방 장관으로 재임한 적도 있는 듯하다. 특히 도사를 다녀와서 도사에서 느낀 여러 가지 감회를 일기로 적은 《도사 일기(土佐日記)》라는 작품은 일본 일기 문학의 효시로 일컬어진다. 젊은 시절부터 와카에 뛰어나 많은 작품을 남기고 있으며, 개인 와카집인 《쓰라유키집(貫之集)》이 남아 있다. 905

년 다이고 천황의 명령으로 기노 도모노리, 오시코치노 미쓰네, 미부노 다다미네와 함께 《고금와카집》을 편찬했다. 《고금와카집》에는 102수의 작품이 실려 있다. 《고금와카집》에 실려 있는 전체 작품수가 1,100수라는 점을 감안할 때 그의 작품이 얼마나 중요한 위상을 차지하고 있는지 알 수 있다.

화가 소개

클로드 모네

Oscar-Claude Monet. 1840~1926. 프랑스의 화
가. 파리 출생. 소년 시절을 르아브르에서 보냈으며,
18세 때 그곳에서 화가 로댕을 만나, 외광(外光) 묘
사에 대한 초보적인 화법을 배웠다. 19세 때 파리
로 가서 아카데미 스위스에 들어가, 피사로와 사귀
었다. 1862년부터는 전통주의 화가 샤를 글레르 밑
에서 쿠르베나 마네의 영향을 받아 인물화를 그렸
지만 2년 후 화실이 문을 닫게 되자, 친구 프리데리
크 바지유와 함께 인상주의의 고향이라 불리는 노
르망디 옹플뢰르에 머물며 자연을 주제로 한 인상주의 화풍을 갖춰나갔다.

1874년 파리로 돌아온 모네는 바지유와 함께 작업실을 마련하여, '화가·조각가·판화
가·무명예술가 협회전'을 개최하고 여기에 12점의 작품을 출품하여 호평을 받았다.
출품된 작품 중《인상·일출(soleil levant Impression)》이라는 작품의 제목에서, '인상
파'라는 이름이 모네를 중심으로 한 화가집단에 붙여졌다. 이후 1886년까지 8회 계속
된 인상파전에 5회에 걸쳐 많은 작품을 출품하여 대표적 지도자로 위치를 굳혔다.

한편 1878년에는 센 강변의 베퇴유, 1883년에는 지베르니로 주거를 옮겨 작품을 제
작하였고, 만년에는 저택 내 넓은 연못에 떠 있는 연꽃을 그리는 데 몰두하였다. 작품
은 외광(外光)을 받은 자연의 표정을 따라 밝은색을 효과적으로 구사하고, 팔레트 위
에서 물감을 섞지 않는 대신 '색조의 분할'이나 '원색의 병치(倂置)'를 이행하는 등, 인
상파 기법의 한 전형을 개척하였다. 자연을 감싼 미묘한 대기의 뉘앙스나 빛을 받고
변화하는 풍경의 순간적 양상을 그려내려는 그의 의도는《루앙대성당》《수련(睡蓮)》
등에서 보듯이 동일주제를 아침, 낮, 저녁으로 시간에 따라 연작한 태도에서도 충분
히 엿볼 수 있다. 이 밖에《소풍》《강》등의 작품도 유명하며 만년에는 눈병을 앓다가
86세에 세상을 떠났다.

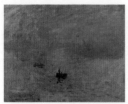

0-1
The Japanese Bridge 1899

0-2
Water Lilies, Evening Effect 1897-1899

1
The Boardwalk on the Beach at Trouville 1870

2
Vetheuil, Prairie Inondee 1881

3-1
Meditation, Madame Monet Sitting on a Sofa 1871

3-2
Portrait of Madame Gaudibert 1868

3-3
Self Portrait 1917

4
The Port of Le Havre, Night Effect 1873

5
The Lieutenancy at Honfleur 1864

6
The Seine at Bougival in The Evening 1870

7-1
The Magpie 1869

7-2
The Road in Vetheuil in Winter 1879

7-3
The Blue House at Zaandam 1871

8
Snow at Argenteuil 1875

9-1
The Road in front of Saint-Simeon Farm in
Winter 1867

9-2
Grainstack 1891

10
Snow Effect, Giverny 1893

11
The Seine at Port Villez, Snow Effect
1885

12
Portrait of Germaine Hoschede with a Doll
1877

13-1
Snow at Argenteuil 1874

13-2
Victor Jacquemont Holding a Parasol 1865

13-3
Corner of the Apartment 1875

15-1
Japan's (Camille Monet in Japanese Costume) 1876

15-2
Red azaleas in a Pot 1883

14
Spring 1875

16
Leicester Square at Night 1901

17-1
The Promenade, Woman with a Parasol 1875

17-2
The Boardwalk on the Beach at Trouville
1870

18
Poplars at Giverny 1891

19
Houses on the Zaan River at Zaandam 1871

20-1
Camille on the Beach 1871

20-2
Snow Effect with Setting Sun 1875

21
Madame Monet or The Red Cape 1870

22
Autumn on the Seine at Argenteuil 1873

23
The Plain of Colombes, White Frost 1873

24
The Luncheon_1868

25-1
Train in the Snow(The-Locomotive) 1875

25-2
Saint-Lazare Station 1877

26
Charing Cross Bridge Fog on the Themes 1903

27
Cart on the Snow Covered Road with Saint-Simeon Farm 1865

28
The Seine at Bougival 1869

29
Red Houses at Bjornegaard in the Snow,
Norway 1895

30
Monte Carlo Seen from Roquebrune 1884

31-1
Houses in the Snow, Norway 1895

31-2
Rouen Cathedral, the Portal in the Sun 1894

31-3
Rouen Cathedral at Sunset 1894

열두 개의 달 시화집
一月。
지난밤에 눈이 소오복이 왔네

초판 1쇄 발행 2019년 1월 15일
　　　2쇄 발행 2019년 5월 5일

지은이 윤동주 외 12명
그린이 클로드 모네
발행인 정수동
발행처 저녁달

출판등록 2017년 1월 17일 제406-2017-000009호
주소 경기도 파주시 책향기로 371, 607-903
전화 02-599-0625
팩스 02-6442-4625
이메일 moon5990625@gmail.com
인스타그램 @moon5990625
ISBN 979-11-963243-0-8　02810

값 9,800원

이 도서의 국립중앙도서관 출판예정도서목록(CIP)은 서지정보유통지원시스템 홈페이지
(http://seoji.nl.go.kr)와 국가자료종합목록시스템(http://www.nl.go.kr/kolisnet)에서
이용하실 수 있습니다. (CIP제어번호 : CIP2018012810)